KB176298

푸른사상
시선

112

공중에 갇히다

김덕근 시집

푸른사상
PRUNSASANG

푸른사상 시선 112

공중에 간히다

인쇄 · 2019년 10월 21일 | 발행 · 2019년 10월 26일

지은이 · 김덕근
펴낸이 · 한봉숙
펴낸곳 · 푸른사상사

주간 · 맹문재 | 편집 · 지순이, 김수란 | 마케팅 · 김두천
등록 · 1999년 7월 8일 제2-2876호
주소 · 경기도 파주시 회동길 337-16(서패동 470-6) 푸른사상사
대표전화 · 031) 955-9111(2) | 팩시밀리 · 031) 955-9114
이메일 · prun21c@hanmail.net / prunsasang@naver.com
홈페이지 · http://www.prun21c.com

ⓒ 김덕근, 2019

ISBN 979-11-308-1470-4   03810
값 9,000원

☞저자와의 합의에 의해 인지는 생략합니다.
이 도서의 전부 또는 일부 내용을 재사용하려면 사전에 저작권자와
푸른사상사의 서면에 의한 동의를 받아야 합니다.
이 도서의 국립중앙도서관 출판시도서목록(CIP)은 서지정보유통
지원시스템 홈페이지(http://seoji.nl.go.kr)와 국가자료공동목록시스템
(http://www.nl.go.kr/kolisnet)에서 이용하실 수 있습니다.
(CIP제어번호 : CIP2019041140)

푸른사상 시선 112

공중에 갇히다

이 시집은 2019년 충청북도, 충북문화재단의 후원으로 문화예술육성 사업의 일환으로 지원받아 발간되었습니다.

먼 길 돌아왔다.
바람에 물어도
다시 그 자리다.
낙엽보다도 빨리
등을 돌렸다
덕분에 손바닥만 한 홈
몇 점 묻었지만
나는
오직 두렵고
모를 일이다

2019년 가을
김덕근

| 차례 |

■ 시인의 말

제1부

제2부

제3부

제4부

■ 작품 해설

제1부

자화상

연민을 고르는 것이냐
아니면 으스름 달빛으로
헐렁하게 마음 하나 두는 것이냐
낯선 사내의 허리는 굽어 있고
계절은 배달되고 시간은 촘촘하다
성대한 활자의 탄력들
지평선의 변명이 곤궁하니
발이 저리도록 온기를 쪼아
쓰디쓴 기침을 태우는 것이냐

바른손에게

태초 왼손이 먼저였어
오른손은 언제나 무력하였고
밥 먹는 손은 제물이 되기 시작하더니

오른손이나 왼손이 호명될 때
손은 자꾸만 허방을 휘젓고
물 빠진 타투 흉터를 보며
손의 거처를 찾곤 했지

입 깨물어 연필 쥐고 있었지
왼손은 용서하지 않았으니까
겨우 바른손 잡아 온몸으로
삐뚤삐뚤 행성을 유영하고 있었어

칼을 잡아도 난기류를 탔고
가위를 들어도 온몸이 잦혀지고

방아쇠를 당겨도 비명은 오지 않았고

원고지에 불온한 안녕을
안간힘으로 풀어놓기도 했지

처음부터 핸드메이드는 없었어
바른은 화형이야
빈손에 머무는 마른 노역처럼
손금을 짓이기고 있었어

호마이카 밥상

꽃대궁이 지천이다
적막이 구겨 앉아
그림자도 비켜 가는 언덕
빛살도 소복하여 밤낮으로 가만하다

번창한 길고양이 한눈파는 날
마른 우물이 소문을 찍어
다시 기억을 소환하지 않듯
비릿한 골목은 누워 있고

중력을 거슬러 빈집 지키고 있는
상처 내린 몇 점 사발 그릇
천변 지나 뭇별로 서늘하다

제삿밥 헤집고 나온 수저가
시적시적 마실 간 사이
눅진한 바람의 허기를 기다려

호마이카 밥상은 황량한 부엌에 물러앉아

대낮의 늙은 집 다 밀어내도록

네 발등을 포개고 있다

복용

노을 닮은 공복이
밥때보다 깊다
주홍빛 알약의 뒤태가
허덕허덕
한 움큼의 양식에 기대니

방심은 없고 몸이 새겨진
텅 빈 기력을 줍다가
낙엽에 물어 불멸의 원망을 조제하는데
환한 정량의 호흡이 작정을 하고 있다

마른 바람이 이사를 가
달빛 수염보다 눅눅해지면
염색약 바르듯 옷을 입고
바싹 약을 치고 기다린다

불편한 내력들이
흥건히 내 몸에 물들 무렵

약발 되는 문장을 가두고

쉴 새 없이 무탈을 밀어
약시중을 배웅하고
어쩌다 직방 없이
동거동락을 꿈꾸기도 하지만

전생의 모진 공양이
그늘이 된 채
불씨 지나 빙점이 깊어져

일순간 구겨진 몸은
지상에 떠 있다

귀로

온밤 바람을 맞는다
무거운 발자국이 횅한 도로의 능선은
달궈진 낙엽을 무수히 버무리고

초경량 삼단 우산에 매달려
질주하는 신발의 종적
주어진 중력을 믿는가

주름살 홍건한 식당이
지범거리는 노숙자로 배회하는 사이
검불처럼 무성한 바람의 밑둥이
서둘러 발길을 펄럭이게 하는

바람의 혀, 모자란 갈기를
툭툭 털며 뻔한 조바심에도
속앓이 켜켜이 후려쳐 가벼워지는
바람을 맞는다 온밤

별자리 교실

밤낮으로 별자리는 그대로였다

출석하러 가는 교실 북두칠성을 겨우 풀어헤쳤다

꽃잎 같은 교생실습을 마치고 돌아온 별자리들에게

깊고 검은 하늘의 용서를 빌며

내색 없이 이름을 담아 거리로 보내고 말았다

다섯 접동새자리, 네.

물결에 젖은 나비자리, 네.

그리움 한 줌자리, 네.

두 구름자리, 오고 있고요.

누나의 눈물자리, 네.

꽃잎마다 얼룩진 자리, 네.

임용고시 대박자리, 네

수제 소세지자리, 네.

초간단 고독자리, 네.

가출한 고무신자리, 네.

물병자리, 물고기자리, 쌍둥이자리, 염소자리는 휴학 중

북극성을 도는 자리들이 분분하지만

내 운세는 철없는 자리를 덧칠하고 있었다

문의마을에 올라

작두산도 양성산도 아니었어 겨우 4층이었을 뿐인데 향교도 내려다보이고 멀리 불당골도 보이는 듯했어 녹 같은 4월 내 눈은 버거울 정도로 풍욕을 즐겼고 가벼운 페이스북에 간지러운 눈물의 무게만큼 연신 좋아요를 누르곤 했어 이팝나무의 만가도 들리지 않아 바람이 뒤축을 물어 삐걱거리는 의자에 걸터앉아 고작 난 살림의 횡포에 치대고 있던 거지 금방이라도 아홉 마리의 용이 나올 것 같은 대청호를 바라보며 말라버린 내 눈물이 자꾸만 그리워지는 건 맹렬히도 지나가버린 화양연화 때문은 아니야 기껏 4층이었을 뿐인데 무진파크도 왕개미식당도 내려 앉아 있고 푸른솔약국도 보이는 거야 글렀어 녹 같은 4월 왜 내 눈물은 뭉글어지는 거야 시치미 떼며 안부를 묻더라도

오후의 몸

몸이 몸을 묻는다
그렇게 오후가 돌아갔다

고양이가 다리를 건너도록
바람에 걸린 그대로다
몸의 반죽도 그대로다

베란다에 널은 관이
지평선을 바라보며
다시 귀찮게 물어도

몸에 몸이 없는
연둣빛 소문처럼
물기 없는 발처럼

내 언젠가는 기약

내 파이롯트 만년필을 포식한 종각은
입을 다문 채 바람의 경전을 찍고 있고

내 자궁을 은폐한 우암산은 오래도록
동안거를 해제하고 만행을 떠나 있으니

내 마음을 뭉툭하게 한 숱한 책들은
빠르게 꽃사태를 재우며 돌아가고 있다

내 자전거의 아랫도리를 가져간 복면은
누군가의 아비가 되어 물소리를 내고 있고

내 골목길을 엉켜 앉은 아파트는
거미줄보다 날쌔게 흔들려도 문전성시니

내 뼈마디를 마술 부리게 한 자동차는
종적을 지우며 녹슨 질주하고 있을 테고

내 언젠가는 기약하여 묘연해지는 순간

기억의 지문이 풀려 슬며시 추궁할 테지

시퍼런 허기가 오곤 하는

천덕수(天德水)*

감천에 가면 하늘
닮은 샘물이 있습니다
반달고개 머리가 보이면
아슬아슬 구름 냄새 진동하지요

집집마다 파란 모자로 머리를 올린 뒤
실핏줄 같은 감천의 물이 마르거나 넘쳐도
사람들은 개의치 않습니다

비칠대는 골목 어귀에서 서성거려
두레박 빨래터가 물렁해지고
수레도 잠적하고 한 모금 줄 수 없는
하늘의 살과 뼈만 아무도 모르게
자리를 튼 지 오래입니다

어스름 새벽이 오기 전
굽은 허리 들어
천숫물 길어 올리는 떨림이 있어

감천은 여전히 감천입니다

감천 골목을 간지럽히는 줄을 서면
허튼 바다의 별을 세고 있는 등대에서
어린 왕자와 여우는 소금기 쩡쩡한 바람으로
가도 가도 사람들을 길들입니다
감천에 가면 하늘 닮은 샘물이 있습니다

* 천덕수 : 부산 감천문화마을에 있는 우물.

통점(痛點)

지척 아니었던가
지척이었던 것 같은데

뭉친 혈관에서 온 흰 그늘은
지난 상처의 빗금을 담고
불면의 통점을 끌어올려야 할 너는

차단해서 젖은 발로 만나는 것이 아니라
통점을 경건하게 밀면 저 멀리 달아나
비만해지는 통점의 공터는 없고

보폭은 그대로다
통과 점의 숱한 너의 처소들은
탈 없이 통점을 부둥켜안고

절절하게 유배 가는
너를 모시고 관통의 점을

얼마나 매달아야 하는 것인가

육신의 시위가 볕드는
통(痛)을 만나야 통(通)이 되나니
통점은 허송으로 종일 무고하다

불두꽃

사직동 골목길 돌아가 보면
담배꽁초 밭이 있는데요

키 낮은 절명들이
꺼진 가로등 사이로
웅웅 기어나오는데요

서늘한 바람이
빠져나간 자리
용화사 풍경이 파랗게 젖어 있는데요

양철 담장집 할머니
빨간 석류 볼기짝 터질라
야 이놈들아 여기가 재떨이여라며
꽁초다비를 허공에 물들이는데요

바글바글 처마가 계단에 닿는 거리
누군가 목을 빼 저만치

불똥의 위무가 돌아갈 무렵
눅눅한 기침이 야단인데요

종일 불두에 눌러앉아
새벽이슬 오기 전 어둠을 빚고 있는
불후의 꽁초들

뻘로 사라져도

　나는 아비뻘이 되다가 바람보다도 빨리 자식뻘로 흩어진
다 어느 때는 달빛이 지나가도 묵묵히 손아래뻘처럼 바라볼
뿐이고 삼촌뻘인 갈대가 내 키보다 훨씬 크도록 제자리다
바람이 잠시 멎을 무렵 조카뻘 철새들의 비행을 내심 부러
워하다가 심장뻘인 흩어진 낙엽들에게 쇠락한 그늘을 선사
한다 무심천을 따라 흩어진 내장들은 축축하게 엎드려 가끔
선비뻘이자 시인뻘인 먼지들을 만나기도 하는데 스스로 말
문을 닫은 적요뻘인 면벽은 겨울이 오기 전에 동면을 시작
하였고 김장철 지나 엄마 맛을 위장한 가정식 백반이 밥상
을 점령한 지 오래다 애어른 모두 급식뻘 숟가락이 자자한
데 빵집의 레시피가 그렇고 햄버거도 커피도 치킨도 공중뻘
이다 최선을 다하는 울음이나 배설이 애써 황혼뻘의 하늘에
게 안녕한다 하더라도 소설이 가기 전 무거운 노역뻘이 몸
을 가누지 못하고 아날로그뻘 추억이 창궐할 때 내 고단한
행세는 한 주먹의 회로를 따라 하염없이 수제뻘로 사라져도
무관할 것이다

진골목*

　두려워요 골목을 돌아가는 발이 광속의 실타래처럼 없는 길목도 척척 찾아가니 말이에요 터진 길 베개 삼아 발걸음은 희미해지고요 생선가시 같은 길의 흔적은 풀어져 자꾸 짓물러요 되풀이 입을 연 긴 혓바닥이 꾸물거리고 숨바꼭질하는 벽들 뱃속은 우글거려요 납작 담장을 치며 피투성이로 마실 다녀도 말라붙지 않아요 지린 오줌 자국은 선명하고요 깨진 병조각에도 꽃등이 들어오는데 황급히 골목을 나올 수 없어요 장복의 미열은 두통으로 오네요 혁명의 늦은 진골목은 바람이 머무는 통로에서 가지런히 헤쳐 모여 돌아올 수 없는 길을 만들고 있어요

* 진골목 : 대구 종로 부근에 있는 지금은 그리 길지 않은 골목.

목련 지는 날

봄밤
너는
내 마음
오래전
수취인 불명의
통점 하나
바르르 쏟아
별을 두르고
걸어 나왔구나

제2부

알아서 봄

　알아서 한 뼘의 봄이 온다 알아서 꽃은 아찔하게 피고 알아서 아지랑이는 자기 몸을 움츠려 먼 길을 내고 알아서 공중을 산책하는데 알아서 수상한 온기는 스스로 호흡을 멈춰 텅 빈 자리를 찾으니 알아서 가벼운 생이 떠나고 알아서 뭇별들은 모여 한 살림을 차리고 알아서 확실히 무거운 숨결이 따가울 때마다 알아서 눈부셔 쓸쓸한 고백이 수상하고 알아서 꿈틀꿈틀 잘 늙어가는데 알아서 무기력한 통증이 캄캄하게 지나가고 알아서 낌새를 물어 가혹하게 한 올의 슬픔을 다 지워 끝내 푸른 적막을 들어 발버둥치는 알아서

복면골목

봉인은 벗겨졌다
난파선처럼 구천을 떠도는데
녹슨 골목은 눈부시다

한 줄 벼랑 품은 낯선 유목민들이
서러운 세월을 빚고 있는데
채송화는 바싹 낮은 포복으로
질긴 땅을 껴안고 있다

끼니를 달래
어둠이 서성이기 전
늘어지게 보초 서는 사람들은
문고리 채우며 뼛속 숨을 만지고

아련한 가로등 사이로
먹먹한 육신이 돌아오는 시간
배부른 고양이들은 수런거리는데

살림 떠난 집으로 돌아온 여름

늙은 접시꽃이 삐죽 인사를 하지만

비가 올 기미는 보이지 않았다

초록의 종점을 알고 있는지

담 너머 가시는 수북하고

젖은 발로 따라가는 순간

가면을 벗어야 할 것은 나였다

천수천안 고양이

누군가의 팥죽이 달아나는
봄날 같은 동짓날

새알심은 둥둥
속살을 보여주는데

고단한 짐 자전거 아래
고양이 한 마리 공양 중이다

흥건히 녹은 야성의 눈빛
지상의 물집은 군살 박혀 떠나니

잘 태운 햇볕을 담아
묵은 털 헤쳐 상처를 재운다

허공까지 빗질하는 고양이는
천수천안을 물었는지

무심한 혀는 흔적을 따라
비린내 털어 스스로 몸이 된다

언 신발을 밀어내는 팥죽빛 살점들
나는 동지 햇살이 바람을 가르도록

묵은 소식 한 장 들고 키 작은
햇볕에 걸려 종일 흔들리고 있다

더딘 여름

자귀나무 꽃 피면 장마 지는겨 여긴 아직 션해 으르신 근
강은 어떤겨 접때 만났을 때 편찮어 보이더라구 눈도 때꾼
해 보이구 근디 무탈하시다니 다행여 이번 장만 언제 끝난
댜 마른장마라고도 하구 구름이 물어다 주는 기별도 없으니
말여 그짐말처럼 멀쩡한 나비들이 돌아올 때꺼정 산빛 우화
등선하긴 글렀어 얼갈이 배차는 언제 띠논겨 가져가도 되는
겨 근디 신발끈을 쩜매는데 왜 꼬꾸라진겨 그만하길 다행여
쏭난 건 아니지 질펀한 바람길에게 워디 뽄때 한번 보여줄
텨 그래 여름감기는 다 나슨겨 자꾸 쎄바닥도 씨랄궈 궁물
도 못 마시구 냇국만 먹게 되구 시커먼 점괘는 언제나 틀려
천상 믿을 수 있는 건 아무것두 없어 덥다구 자꾸 흐프게 물
쩐지지 말구 아무리 디다봐도 나를 쇠기고 있는 건 워서 왔
는지 노상 따라다녀 바르르 떨게 하는 허공일지도 몰라 처
음부텀 여긴 없나벼 이것두 복이라구 아녀 다음 세상 줄지
어 기다리면 만날 수 있을 테지 뭐 할겨 그들 필요는 없어
새복에 갔을 때도 없더라구 마른장마의 외면도 인제 익숙해
졌나벼 날씨도 참 딱햐 어떤 날은 흐린 구름이 자꾸 뭘 맨들
어 날 갈키려 하더라구 야중에 다시 디다보지 뭐 호냐 하지
말구 같이 햐

버스론

두 발이 있는 짐승이 뽑아낸 불판의 버스가 달린다 그윽하게 자리하지 않아도 출발의 방식이 닮은 듯해도 정류장에 설 때마다 종점이 멀어지고 환승도 없다 촌각을 다투는 근사한 대오 앞에 촘촘히 입을 벌리고 있는 그들의 당당한 위풍에 빠듯한 벌금까지 용서하면서 중앙까지 가야 한다 버스는 늘 만원이다 경로석은 물론이고 첫차부터 다음의 그다음의 막차까지 마찬가지니 걸어가든지 그 중앙이란 곳을 연연해야 하는데 도중하차라도 좋으니 초라해도 타야 한다 십리도 못 가서 빵구나더라도 웃돈을 얹어서라도 가까스로 중앙을 베고 잔 사람이라도 만나야 한다 그래서 중앙까지 가는 버스의 정치며 경제며 문화까지 아니 기사 아저씨의 운전 문장까지 몇 번 좌석이 유령의 좌석인지 입력해야 드디어 생을 건 버스를 탈 수 있다 총체적 시국(詩國)의 시절에는 배후의 웅크린 좌석버스가 인기가 높다 자랑스런 노선에 말을 때려 구겨넣더라도 섬세한 버스 노선 추천에서 승차까지 달라지는 중앙민국 중앙그룹 중앙운동의 이(利)데올로기를 다시 종착지에 반쯤 다가올수록 바람에 끌려 의심 없이 원고지에 담아야 한다

골목에 묻는다

가을이 지나도록
바람은 궁글리고 있다
동무들을 기다리며
할퀸 흔적들

차곡차곡 밖으로 게워
길이 끝나는 곳에 묶어
시간을 털어낸다

퐁당퐁당 짝짓기로 다행인
나비의 늦은 비행이 훤하여
키 작은 사루비아는
반쯤 몸살을 앓고 있고

허공을 파고드는 빛이
잔뜩 보도블록을 벼리고
다른 출구로 힘껏 달아났다가
곤하게 취해 있다

고양이 한 마리 얼씬거리지 않는
골목의 등줄기에 살도 다 발라져
겨우 담장에 기대 골수가 다 빠진
가로등이 돌아오는 동안

골목은 기억을 데려와 앉는다
멀리 컹컹 개 짖는 소리에
반딧불이처럼 깜빡이니
나도 모르게 부풀어 올라

가까스로 골목의 행방을 찾을 때
비단 같은 봄이 말없이
어느새 천막을 치고
골목의 날개가 돋는 것 처럼

무너진 담을 돌아
헝클어진 계단에서
홀연 사나워지기를
소란하게 기다려보는 거다

보푸라기는 주파수를 타고

K는 현실화라 치고 인상을 내렸다 아무도 은폐와 엄폐를 오가는 현실화의 별자리를 기억하지 않았다 K가 닻을 내린 신전에서 땀에 전 슬픔이 떠나고 있음을 알지 못한 채 현실화를 줄곧 밑창에 깔고 K는 한결같이 공중부양을 꿈꾼다 현실화의 보푸라기가 구석구석 착란의 주파수를 절레절레 내두를수록 학생들은 학점의 현실화를 기다릴 거고 알바의 현실화를 기름기 없이 찍을 테고 작가가 현실화에 매달린 원고료에 사흘 밤낮 아린 만년필로 종이를 접으며 길을 걷듯이 세입자는 방값의 현실화에 잿빛 뒤란을 진물 나도록 기어이 배회하며 아내는 남편의 현실화를 강물에 띄워 모세혈관 같은 긴 하루가 말하지 않을 때까지 핀잔을 주고 스님은 이 뭐꼬의 현실화에 허물의 공양으로 야단법석을 밀어내 다시 동쪽으로 돌아오며 눈물은 웃음의 현실화에 젓가락을 살짝 얹고 틈은 사이의 현실화에 길을 떼어 빗장을 열어 마침내 현실의 현실화가 적당히 잠겨 삶의 연장이 밤새 댓글로 밀려가므로 K는 혓바닥을 문질러 인상을 오늘도 일상이라 읽는다

골목경(經)

한줄기 잠언을 쏘다니다가
무수한 감옥에 기대고
간간이 보이는 헛것

계단 위로 첨탑은 깔렸거늘
눅눅한 산상수훈
팔복(八福)은 아직 도착하지 않았다

발자취 따라 성호를 긋는
어지러워라 시퍼런 발자국
여기도 골목 저기도 골목이라

골목을 살핀들
골목을 어깨에 메랴
한 소식 벼랑에 서니

터진 포장마차 사이로
바람은 가쁘게
이정표를 묻는다

어떤 골목

순전히 그건 봄날의 잠행이었다 나비는 부재중이었고 종일 주인 없는 집의 개는 낯선 발자국에 컹컹컹 잠깐의 경계를 주었다 다시 골목 안 철학자로 돌아간다 거미줄로 이어진 대지의 하늘은 호각 소리도 노상 방뇨도 악다구니도 전단지도 없고 이끼 낀 담장에 올라 달빛을 기다린다 녹슨 못 자국처럼 골목의 나이테를 선명하게 보여주는 햇볕 한 모금 무너진 텃밭 사이로 바람의 낙서는 선명하고 가슴 저린 파꽃 쏟아지는 이 막다른 길에서 오롯이 출구를 찾는 무심한 사내가 있다

구제 옷집을 지나면서

소매 끝 보풀이 보르르 눈부셔 실밥은 적당히 동네 한 바퀴를 돌아 구멍 숭숭 바람이 들어와줘야 해 컬러는 대충 오래 걸어 말랑거리면 문제없어 녹슬어도 다정한 포인트는 촌스러워야 한다는 거 누군가의 온기를 추억으로 담았던 그릇 숙성이 잘 될수록 훗날을 살아 숨죽여 꽃등을 켜지 불덩이 같은 생물이 되는 거지 구제 옷집을 지나면서 나는 자꾸만 시치미 떼며 꽃대궁처럼 서 있고 싶었어 드러낸 맨살이 풀려 무거운 외투자락으로 걸어 나오는 거야 글렀어 발랄한 빨래로 살진 풍경을 희망해 하루만큼의 식탁은 위태로웠어 바람이 주섬주섬 소멸을 넣어줄 때마다 구제의 옷깃은 구제 채비를 마친 상태지 툭툭 먼지를 털며 구제되어 불사조의 옷으로 구제씨로 거리를 활보하는 거야

서점 연가
— i 서점의 부고를 받고

그려 죽음의 전주곡은 이미 시작되었고 빛고을 충장은 혼백의 내피를 내려놓은 지 오래고 달구벌 제일, 자갈치 동보도 몰락의 훈장을 동백처럼 반납하였고 한밭골 대훈은 보문산에 칩거한 지 몇 해인지 모르고 돌아오지 못할 고원으로 연가를 낸 서림의 고수 강남 영풍은 우두커니 화석으로 주저앉았다 하고 위안의 계절이 감염되기 전에 희석식 말춤은 달아오를 때로 올라 무딘 칼을 뽑고 있고 이건 잠수도 아니고 출렁이기에 당연이고 치명적으로 진부하고 역병처럼 돌고 돌아도 초로의 파수병에겐 마냥 빚잔치의 사역이고 허탈의 무게가 가실 때까지 와자지껄하고 어느 날 문득 책 읽는 도시 맑은 고을의 신세계는 우주로 배낭여행을 떠났고 성안길은 카페 공장으로 문전성시이고 일선도 이제 일선에서 안녕이고 가을 장맛비에 단풍은 민낯으로 구부정히 누워 있고 허연 입김이 홀가분하게 지나는 시간 사람들은 천근만근 제물을 올리며 승산 없는 목책을 기웃거리고 있고 나른하게 내부 수리 중이고 문상도 상주도 없이 조문만 무성하고 펑펑 울 일도 없어 구원의 지문을 내려놓는 일이 일상이 되고 쇠락의 잔치에 누구도 열락의 가난을 뭉개지 않고 자꾸만

힐링을 더듬어 고단한 소비와 사치는 화끈한 엄폐로 스마트
하게 보이고 충성도 애도도 없는 낯선 발치는 여전히 제단
위를 걷고 있고 그려 죽음의 전주곡은 즐비한 면류관을 내
려놓게 하고

귀래리, 천고(天鼓)

하늘의 북소리
운 적이 언제던가요

진달래 온 산하에 곱게 물들고
별똥별이 전해준 이야기들을

뤼신에서도 귀래리에서도
혁명은 이젠 볼 수 없어요

푸른 별꼬리 담담히 세는
사람도 무심한 곳

새 떼들은 숨죽여 겨울의 안쪽에서
봄이 올 때를 기다립니다

을지문덕님 이순신님이
지천으로 널린 도화지 같은 세상

여긴 언 하늘의 겨울입니다
동토의 벌판에 불씨를 지펴

매서운 하늘의 북소리
땅을 깨워 다독이고

칼바람 지나 둥 둥 둥
눈발을 먹는 저녁 두둥 둥둥

복사꽃 필 때까지
천고는 소리 나야 합니다

귀가 이후
― 영덕을 지나면서

늙은 포구가 내려왔다
등(燈)이 켜진 홍게
묵묵부답

붉은 동백을 먹으니
서늘한 눈길이 지천이다
얽힌 그물코 공중에 뒹굴어
오래도록 포말은 보이지 않고

바람의 등짝을 치며 돌아오는 길
해인(海印)의 파도는 말이 없는데
비루한 몸 단숨에 가라앉는 시간
눈물 자국도 발밑 헛기침도 가볍지만

수평선 부풀어 무릎까지 드러내어
자명한 묵비는 짓무른 숨을 내니
나는 사방으로 납작 부둥켜안고

오래도록 나부끼거나

조붓하게 정박하거나

불길

불
들어가신다 했다

겹겹이
지펴달라 하셨고

낯선 골목의 절반이
눈을 떴다

아,
차마
그 불을 나는
끄지 못했고

낙가산 자욱하게
혀끝으로
광명진언을 두고 왔다

돈

하늘과 땅에 걸쳐 있는
너의 얼굴을 보면서
난 하루의 일과를 점치곤 해

어쩔 수 없이 너의 고단함과 달리
난 행운을 빌어야 하고
땀과 노동의 갈기를
눈부시게 받아들여야겠지

불끈 쥔 손에서 떠나지 않는
너는 무료한 숨바꼭질에 차여
두 손 든다면

너보다 더한
굴종의 비문 앞에
무엇으로 있을지 몰라

제3부

무심천

저 길이
천근 몸이다

용화사 미륵님
벚꽃 단청에
진탕 주무시고

경전을 길어
별 헤며 걷는 사이

꽃비 재워
설법을 지우며 간다

전작을 기다리며

불볕에 젖어

단풍을 기다리는 시간

가벼운 생은 아직

다녀가지 않았다

소멸의 처소 지나

마른 가지 얼룩이

햇볕을 놓아주듯이

저무는

초록의 포로들이

무겁다

겨울 문의(文義)

눈발 머금어
하늘빛을 따라간다

바람이 춤추는 방향으로
출렁거리는 상고대

순백의 물빛에 날려
문(文)도 의(義)도 멎고

인공 욕조에 잠겨 몸을 담아
흔적은 사납게 입을 틀어막는다

허공의 어느 한 점에서
눈발은 다시 불을 붙이고

날 저물어 녹 같은 힘줄이
덧없이 서 있다

한 장의 나무

가뭇없는 지평선 탓일까요
별이 되기 전 잦은 채비로
덩그러니 서 있는 한 장의 나무

하루 종일 햇빛과 바람은
낙엽의 심문에 지쳐
분만을 재촉하며 다비 중이네요

몸살 앓아
제집으로 돌아가는
탕진의 끄트머리

염도 생략한 채
그렇게 풍장은 시작되네요
만화방창(萬化方暢)할 거라는 믿음에
분분히 타들어가요

퀭한 숲 날아올라

작별하는 새들은
싸락눈이 나부끼는
칠흑의 풍경을 만들어

낙엽은 함박눈이
주저앉을 때까지
묘하게 흐드러지네요

화농에 묻혀

이팝나무 가지 찢어지네
야생의 문살은 얄궂게도

그냥 산으로 굴러다녀
하얗게 바람나는 산조팝나무

백약을 뿌리쳐 하산한 향기는
요염하게 추임새를 내려놓고

여름을 밀회하려는 참인지
허방 짚은 달님은

만행이 풀릴 때까지
별이 돌아오기를 기다리고 있다

춘설

우수 길어 올려
몇 점이나 되었을까
첩첩산중 잔등이 가렵더니
금세 경칩이다

얼핏얼핏 흘린 땀으로
새벽은 애먼 속내를 들켰는지
젖은 발로 달려가

입성 좋은 바람이
눈보라 타고
홍매화에게
심심한 안부를 전한다

낙화유수

꽃비
내린다

폴
폴
폴

다독이는
봄볕

홀연
하늘 한편이

텅
비는 날

단풍처럼

은비늘 강으로 내려오면
노을빛 아리게 쏟아져요

구름은 하늘에 기대
낮잠을 자고요

화엄으로 가는 길은
천수천안으로 물들고

불꽃 산정의 술렁임이
벼랑으로 돌아누워

온종일 엉켜 오체투지하는
저 바람의 경전을 듣자고요

입동

이제 덤불도
무거운 짐을 내려놓는 시간

바알간 까치밥
허공에 앉아
하늘을 문지르네

하얀 입김 바람을 밀어
소멸의 햇살을 빚는

들판에 연착하여
바스락바스락
필사적으로 온다

꼬리명주나비

메꽃이 가볍다
분분하게 수선 떠는 사이
무대에 올라 나풀거리는
비행을 만났다

질펀하게 둑을 간지럽히니
시절 지난 관객은 낯설 뿐
무심의 벽은 휑하니
허공에 걸터앉는다

바람은 바람대로
길을 내며 간질이고
날개는 날개대로
햇살을 매달아

늦은 초록에 걸려
덤불을 따라가는 순간
가을 자리 하나 앓는다

순례

　어쩌다 너에게 간다 공양간보다 빼곡한 까만콩 다비장 블루마운틴을 채워 킬리만자로에서 수마트라의 탁발이 출렁거리며 돌아올 때 안데스에 머문 달은 묵언수행 중이다 이 뭐꼬는 종이컵에 광속으로 한 소식 들어와 헝클어진 혀를 속절없이 돌려 무명의 빛깔로 뭉클하게 내리니 무딘 내 입맛은 흥정의 가출을 깊숙이 꿈꾼다

화엄사 홍매화

각황전 뒤란 동백숲은
회창거려 겨울바람은 속이 차고

늦은 폭설에 절 구경 온 사람들
사진 세례에도 꼼짝하지 않는데

잔설 몇 줌 하늘의 몸살은
잔가지 성성하여 벙글고

언 땅 토닥여 날것을 흡입하니
방싯 봉오리를 터뜨리는 찰나

눈 밝은 직박구리가
제일 먼저 꽃잎을 문다

공중에 갇히다

중고개 지나
신촌은 오지 않았다
젖은 소리를 내려놓으며
물렁한 나침반은 지척으로 기대앉아
삽시간에 밑창을 걷어내고 있었다

바람의 길을 끌어 올리는 내내
납작 엎드려 섬이 된 냉이꽃
미치도록 공기는 무거웠고
자본의 걸망은 눈부시게 펄럭였다

숨소리 거칠게 표류하는
나무와 구름에게도
운명의 길을 터
지그시 신발을 매어주고
어느새 철거반은 공중으로 피를 끼얹었다

기별 없이 봄나들이를 떠난 낙가산

아지랑이가 마르도록

길은 가만한 소리를 내며 다독이고 있고

바람의 둥지에 못질하는 소문은

다시 오지 않았다

그렇게 나는 밀입국자가 되었고

무수한 일주문이 촘촘히 정박하는 사이

신촌 지나 중고개는

첩첩산중 나비보살을 품고 있었다

안심사 괘불

달빛 메인
팔봉산 자락

둘둘 돌아누워
캉캉한 얼굴

남은 살붙이
헝클어질까 봐

풍경 소리가 몸을 푸는
미호천 바람

묵은 두릅나무
탁발 간 사이

세작
한잔 들고

어정어정

괘불 들어오신다

벽산(碧山) 스님

풍경 소리에 비친 잿빛 하늘새
발가벗은 보리수를 배회하다가
낙가산(洛迦山) 골짜기에서 한 줌 먼지로
바람에 날리었습니다

속리행

살진 반달
푹 잘도 불었다

어둠은 하염없이 달려와
단풍을 잔뜩 먹고
컴컴한 하늘에 누워보아도

가슴은 허전하고
발밑까지 물이 든다

아직 소멸을 모르는데
속리는 길을 내고 있었고

뭇별들이 내려
애잔하게 화색이 도니
시간은 더디 흐르고

첫눈이 오려는지
바람은 내 편이었다

지팡이

언제부터 그랬을까
절 마당 나무가
지팡이었다는 이야기

손잡이의 풍광이
땅을 삼켜버리고
맑은 공복이 나타나
가없는 혼잣말이 쏟아진다

오늘도 변신은 불청객이다
노스님의 성화에
하얀 햇빛을
애써 빌리지 않더라도

저절로 어두워질 때를 아는 매혹
객쩍은 내 구두의 머리채는
시리게 헝클어진다

제4부

망월

무등(無等)을 꺼냈다
다시 넣으면 좋겠지만
품을 수 없었다

달을 가리키는 손가락은
펼 곳이 없는데

말없이 맨발에게
삼켜두었던 길을 터주고

겨우 나는 무등을 더듬어
빼꼼 나온 낮달을 따라
혁명을 물었다

태엽을 돌려줘

부랴부랴 동굴은 젖은 미로 같았어 까맣게 탄 거실의 그을음은 벚꽃이 제 몸을 말리도록 닦아도 나오는 검은 시간의 질긴 흘청들 남은 탄내가 몸을 굴려 돌아갈 무렵 불똥이 예쁘게 내려앉은 서랍 한 장 펼쳤지 화력을 지운 듯 묵은 먼지 잔뜩 입은 채 일어날 기미 없이 손목시계는 모로 누워 있었어 애초 흔들어줘야 은밀히 오늘을 여는 초침의 등뼈 이럴 땐 혼잣말을 해야 제맛이지 취기의 팔목은 시든 허공을 가르며 먼 유년의 섬에서 체류 중이야 기미 없는 불구경의 상흔이 가라앉자 철 지난 시계포를 찾은 끝에 밤별들의 변주를 세기 시작했지 용두는 언제나 태엽의 풍경을 듣고 싶어했어 손톱 전지 한 알 먹으면 혜성의 꼬리가 다 탈 때까지 바람의 문턱을 드나들었지 두근거려야 흥건해지는 막 다는 톱니바퀴 세끼 밥 먹듯 거꾸로 매달려야 아침에 눈 떴을 때 핏덩이로 환생하는 거지 시간의 궤도에서 쿨럭쿨럭 잔기침으로 동거해주는 것만으로 영생불멸은 흥정되지 숨막혀 가져오기 글렀다 하더라도 즐거운 하루는 시작되지

귀가

중년의 김 군은
김 선생도 김 형도
김 박사도 김 선배도
김 시인도 아닌 거라
자문자답하는 김 씨의 뒤축은
반란을 빙자하는
누군가의 학생부군을 물어
해진 신발 두 손에 쥐고
꽃바람 털어 귀먹고 눈멀어
선홍빛 국밥을 이고도
힘껏 쏘다녀 허기진
수고롭게
집으로 돌아가는 길

말이 떠나는 시간

달마의 침묵은
다녀가지 않았다
혀는 말라가고 있는데
생각은 한 올도 없다

꽃은 들었으나 맨손이었던
미소는 산산이 흩어지고
푸석한 가을의 긴 그늘은
단숨에 섬으로 떠났다

밥때는 기다리지 않아도 왔고
비루하게 제물이 되느니
무심코 대답하려다
입도 아니고 귀도 아닌
마음도 아닌 것을

새 떼가 무심히 돌아가는
정좌하여 허물을 터는 들판

추상같은 일갈은 묵살되었으나

하늘의 문신을 지우며
절로 내 귀를 용서하니
힘을 다해도 귓전을 못 때리는
말이 떠나는 시간

감나무 정수리에 홍시 하나
오래도록 무겁다

나비와 소식

긴 가뭄에
손을 얹었다

비 소식은 느릿하고
하늘의 피냄새가
사방에 가득하다

대지의 수염은
태연한 척
바람에 기대거나
납작 엎드려
그늘을 만들고 있고

귀 마주쳐
입 다물고 나면
구름이 빠져나간 자리

나비 한 마리

포르르

날아가고

우암산에서

녹슨 채찍을 들기 전

소 찾으려 애쓰나 보다

누구는 소 발자국을 흘렸다고 한다

때로는 온몸을 다해 마중 갔다고 한다

산마루에서 소 찾는 소리

풍경 소리 난데없이 뽑아가도록

어린 목동은 아직 오지 않았고

등 푸른 기와는 꿈쩍도 안 한다

지난여름 한 줄기 바람으로

어쩌다 소신공양을 올렸다는 소식도 들린다

끝없는 개산(開山) 이래

다시 소를 타고

제 몸을 길어 올렸다는 흔적은 없다

우암산에는 오늘도 소가 없다

가까스로 산을 내려와 앉은

고단한 찻집에서 몇 잔을 마셔도
소는 보이지 않고 꼬리만 보일 뿐이다

눈발에 가려서 보이지 않을 뿐인데
이제 숨을 곳이 없을 텐데
소는 사람들의 시름 속에서 고삐를 풀며
긴 하품을 하고 있다

일주문

물처럼
바람처럼
다녀야 하리

외로워
홀로 뜬
까막별이

지극하게
흔적 없이
내려놓으며

시퍼런
어둠의 골수까지
말갛게 빠져나갈 때

빗장도
문짝도 없다

어떤 개화

단풍이 오자
알몸의 바람이 숭숭 내린다

겨울 준비하느라 옷을 벗는데
저 낮달 어디서 왔는지

빠알간 감홍시 나무 끝에서
가부좌 중이다

구름 한 장이고
하늘을 떠받치는지

곱은 가지마다
눈을 감은 채 크낙하게
등불을 켜는 중이다

이발사의 하루

골목의 가로등이
그물 앞에 용서를 구하는 듯이
삼색등은 무심히 돌아가기 시작하지

무성한 골목의 호흡
서쪽을 향한 드센 머리카락이
계단 근처까지 어루만지고

나비넥타이 흰머리 신사는
묵은 머리의 남은 욕정을
눈 감고도 강으로 흐르게 하지

수출 1억 불을 달성한 그해부터
칠순 넘은 오늘도 가위의 관절을
가볍게 모시지 않았어

상고머리 하이칼라도
긴 줄이 쫓아왔던 조발도

백구두의 주름처럼 아득해

고된 개 짖는 소리는 휑하니 무거워
사막의 골목길을 가슴에 묻고
'이발은 예술'이라는 골목 예술가

오늘도 수염을 은밀히 깎으며
누군가의 골목이 되고 있지

어둠에 기대어

어둠에 전등이
포즈를 취한 날이었다

와이파이는 불시착하였고
엘리베이터가 발목을 잡아
빠르게 불빛을 머금어
배터리 눈금은 덜컹거렸다

거품 게워 살점 드러내는 관상어처럼
물렁한 초를 찾아 주문을 외우니
칠흑은 무겁고 직립보행은 증발한다

겨우 안달한 문고리를 잡아
눈 푸르게 빛을 구걸해도
흔들리지 않는 정전의 왕국
어둠은 다 토하지 않았다

빛이 없는 거실에서

경계가 떼지어 소거되고

어둠이 빛을 지키는 날

출구에 기대어 암흑이 샤워하는 동안

슬그머니 어둠의 급소를

꾸욱 눌러본다

은하수공원*

철컥 이제 관은 무겁지 않아요

시린 눈물도 잔잔해져

꼭꼭 허공에 길을 내

소멸의 바람을 놓는 순간

나비 한 마리가 철컥 날아왔어요

* 은하수공원 : 세종시 연남면에 있는 화장터.

잠적의 습성

아무도 없었어요 웅성거렸고
영겁의 옷을 갈아입는 시간
산 자의 기억을 포개어
일어서는 순간 욱신거렸어요

불시에 뭉개지는 생각들이
머리에서 다리까지 물기를 입은 채
나는 흩어질 수밖에 없었고
단죄의 잠꼬대가 빨갛게 흩어져요

무자비도 자비도 아닌 흔적의 총량이
흐린 상처를 덮는다 해도
햇살을 밀어 웅크리고 있었어요

이제 닻을 내려 오후의 무게를 길들여요
맨발이 바람의 구두를 신듯이
바쁘게 징벌을 돌아서
무지근한 부호를 읽는 하루였어요

누구는
— 박순원에게

누구는 무심히 조율하여
갈비를 놓았다 하고

누구는 말문을 닫고
허름한 갈비의 내력을 위문했다지만

자발없는 소문이 발그레하도록
아무도 본 사람은 없다

시린 바람을 눕혀 봉합하는데
소금기를 떨고 일어서는 집요한 살점들

지천명의 늑골이 몸을 매는 시간
검푸른 잔기침은 동안거 중이다

한 호흡 돌아 수국이 질 때쯤
고단한 갈비 곁에 누워

사내는 허공을 부유하거나

묘한 주문으로

날개를 바치는 것이다

몸에 대하여

몸에서
문자가 온다
여기저기
길을 내며 따라온다

온몸 돌아
먼 생의 목숨이
성자처럼 오시니
다행인 것인가

입을 다무는 것은
몸이 아니다
무구하다는 것은
육신이 아니다
소멸이 아니다

몸을 데려간 칼의 힘줄이
흰 그림자처럼

지루한 공중을 닫는 사이
누군가의 소문이 되는

방생(放生)을 타다

벼랑까지 왔던 것일까
선명해지는 날것들
내 생이 절박하기 때문일까

저잣거리의 풍경이 들어오고
종일 켜 있는 가로등은
골목을 내어주는데
흰 그늘의 허리가 가볍다

툭하고 능소화가 비린 향을 내는 사이
중얼거리며 옛이야기를 배웅하니
바람이 매어놓은 살기가 지워진다

절명을 삼켜 단호해지는 날
나는 캑캑 일어난다
오래 품은 초혼(招魂)의 지문들이
하늘을 닮아가는 시간이 많아지고

절뚝거리는 내 발길에 볕드는 오후

희미하게 환승은 지나갔다

시인이여, 부디 곤경에 처하시기를

정재훈

> 인간은 두 세계, 즉 살아 있는 자들의 세계와
> 죽은 자들의 세계를 가진 동물 종이다.[1]
> ― 파스칼 키냐르

이 글은 시집의 '해설'이 아닙니다. 뭔가 이상하다고 여기실 거라 생각합니다. 작품 맨 뒤에 실린 '해설'을 보게 되신다면(그 해설들을 쓴 이들은 대부분 평론가, 아니면 시인이지요) 누가 쓴 것인지 궁금해하실 때가 흔히 있었을 겁니다. 그리고 이러한 '해설'의 내용에 관한 신뢰감은 이를테면 평론가의 명성이라든가, 아니면 시인의 유명세에 의해 일정 부분 영향을 받기도 할 겁니다. 물론 해설을 읽지 않고, 오롯이 작품만을 감상하려는 독자들도 있습니다. 어쨌든 제가 원치 않더라도 어차피 이 글은 시집의 '해설'이라고 이름 붙여지게 될 것입니다. 그럼에도 불구하고 이 글은 지금까지 제가 쓴 몇 권의 시집 해설들에 비하면 전혀 다

---

1 파스칼 키냐르, 『은밀한 생』, 송의경 역, 문학과지성사, 2016, 378쪽.

른 방식으로 쓴 것이라는 점을 밝힙니다. '시'를 보면서 '해설'이라든가, 아니면 '해석'이라는 경직된 글 대신에, '시'를 쓴 이의 세계를 향해서 천천히 첫발을 내딛으려는 독자의 입장에서 쓰고 싶었습니다. 저의 역할은 그저 시인의 세계로부터 엿보인 단상들을 간략히 소개하는 것만으로도 충분할 거라 생각합니다.

저의 이 부족한 글을 부디 헤아려주셨으면 합니다. 특히나 '해설'을 통해서 시인의 작품 세계를 보다 매끄럽게 이해할 수 있을 거라고 기대하셨던 독자들이라면 말이지요. 저는 원래 '해설'이라는 말 자체를 그리 신뢰하지 않으며, 이를 늘 마뜩잖게 생각해왔었습니다. 우리가 흔히 '시인'이라고 호명하는 이들이 황량한 이곳 일상에서 '시'를 써나가는 과정은 결코 쉬운 일이 아닙니다. 하나의 '시어'가 건져지고, 그렇게 한 편의 '시'가 만들어지는 과정에는 외부의 시선으로 쉽게 단정 짓기 어려운 지점이 분명 자리 잡고 있습니다. 저는 이 지점을 흔히 하는 말로 '영감'이라 지적하기도 했었습니다. 시 앞에서 거만하게 '안내자'라며 자임하고 싶지 않습니다. 그래서 저는 예전에 어느 잡지에 실은, 시집 '해설'의 제목도 '이 글은 반드시 실패로 끝난다'라고까지 했었습니다.

여기서 잠시 이 '실패'라는 말에 대해 설명을 덧붙여야 할 거 같습니다. 이것은 우리가 흔히 생각하는 '패배'와는 거리가 멉니다. 이 말은 오로지 '시' 앞에서만 쓰일 수 있는 것입니다. 그리고 해석과 분석으로부터 끊임없이 벗어나려는 '시'의 야생적 본성을 존중하려는 자만이 내뱉을 수 있는 탄식일 수도 있습니다. 사실상 '시'는 우리가 '어찌할 수 없음'에 가깝습니다. 굳게 닫힌

채로 언제 열릴지 모를 '문(文/門/問)'이기도 합니다. 그 앞에서는 어떠한 권위나 지식도 소용이 없습니다. 명망이 있는 평론가든, 아니면 익명에 가까운 독자든지 간에 '시'는 전혀 개의치 않습니다. 그만큼 '시'는 세속의 범위 밖에 있고, 우리가 흔히 '영감'이라고 에둘러서 가리키는 미지의 영역에 놓여 있습니다.

"시를 쓴다는 것은 시란 무엇인가가에 대한 시인의 고유한 태도를 드러내는 것에 다름아니다"[2]라는 글을 본 적이 있습니다. 게다가 "그가 맞닥뜨린 곤경의 총체가 바로 시일 것이며, 시인의 태도"라는 것에 대해서도 저는 충분히 공감합니다. 왜냐하면 그 "고유한 태도"라고 하는 시인으로의 자세와, 그가 "맞닥뜨린 곤경"이라는 상황은 결국 '시를 쓰는 일'이 언제든 '실패'에 다다르게 된다는 것을 의미하기 때문입니다. 김덕근 시인도 그러했을 겁니다. 시인의 입장에서 '시를 쓰는 일'이라는 게 어찌 보면 정해진 답이 없으며, 상정해둔 목표치라는 것도 없고, 따라서 이를 두고 '완성'이라고 감히 말할 수조차 없습니다(그렇다고 시인이 '패배'한 것은 결코 아닙니다). 그래서 한 권 시집은 완성을 뜻하지 않습니다. 오히려 이것은 시인 자신으로부터 나온 끊임없는 질문과 함께, 절망에 가까운 고민들의 연속적인 과정에 불과합니다.

연민을 고르는 것이냐
아니면 으스름 달빛으로
헐렁하게 마음 하나 두는 것이냐
낯선 사내의 허리는 굽어 있고

---

2 이수명, 『표면의 시학』, 난다, 2018, 326쪽.

계절은 배달되고 시간은 촘촘하다
성대한 활자의 탄력들
지평선의 변명이 곤궁하니
발이 저리도록 온기를 쪼아
쓰디쓴 기침을 태우는 것이냐

—「자화상」 전문

여기, 시인이 쓴 '자화상'이 있습니다. 시집의 맨 앞에 걸려 있는 '시'입니다. '자화상'으로 시작(始作/詩作)하고자 했던 시인의 의도가 무엇인지 생각해봤습니다. 사실 이러한 시가 새로운 건 아닙니다. '자화상'을 꺼내든 시들은 이전에도 있었으니까요. 서정주 시인의 '시'가 그 대표적인 예일 겁니다. 아무튼 저는 시인들에 의해 발화되는 이 '자화상'이라는 시어를 볼 때마다 곤란함을 느낍니다. 마치 묵직하게 붓질로 한껏 칠해진, 어느 난해한 회화를 보는 듯한 착각에 빠지는 것과 비슷한 느낌이라고 이해하시면 될 거 같습니다. 그 난해함 앞에서 정답은 어디에도 보이지 않을 테고, 이로써 저의 판단은 언제든 실패할 수밖에 없겠지요. 앞서 말한 "곤경"이 시인만이 아니라, 독자인 저에게도 일어나는 것입니다. 그래서 사실상 우리 앞에 모습을 드러낸 모든 '시'들은 해석과 판단을 유예시키는 한 폭의 난해한 회화일지도 모른다고 생각했습니다.

그런데 우리는 너무나 쉽게 누군가의 '시'를 평가해왔습니다. 해설과 평론이 난무하고, 일부는 실험성이나 참신함만을 '시'의 진정한 가치라고 추켜세우기도 하였습니다. 반면에 문학 밖에서의 '시'는 그저 아무 소용 없는 것으로만 치부되고 있습니다.

가장 가난한 직업이 '시인'이라는 자조 섞인 말이 입에 오르내리고, 대학에서는 더 이상 '시' 전문 강좌를 찾아보기 어렵습니다. 학생들 가운데서도 창작을 전공한 일부를 제외하면 아무도 '시'를 배우려고 하지 않습니다. 이러한 세태 속에서 '시인'이라는 자격으로 무언가 한다는 것, 그리고 '시'를 향한 "마음을 하나 두는 것"조차도 쉽게 입밖으로 꺼내기가 어렵게 되었습니다. 그렇기에 "낯선 사내"의 잔뜩 '굽은 허리'에서 비롯된 '통증'과 "쓰디쓴 기침"이야말로 지금 이곳에서 '시를 쓰는 일'이 맞닥뜨린 곤경'("곤궁")일 수도 있겠다고 생각했습니다.

하지만 그럼에도 '시'는 세계와 고통스럽게 부딪히면서 새로운 길을 모색해왔습니다. 이런 점에서 '시'는 가히 "불면의 통점"("통점」)을 견뎌야만 겨우 다가갈 수 있는 '낯섦' 그 자체일지도 모르겠습니다. 지금 이곳에서 흔히 유통되는 말들을 보십시오(SNS로 떠도는 말이 그 대표적인 예일 것입니다). 원활한 소통을 목적으로 한 말들은 오로지 "탄력"만이 있을 뿐입니다. 여기서 말하는 '탄력'은 거의 '무중력'의 속성에 가깝습니다. "발"을 딛고 서서 살아가야 할 지상("지평선」)과는 거리가 먼 말들입니다. 반면, "통점"은 지상의 말, '발'로 딛고 서려는 말입니다. 이 '불면'과 '통점'은 인간의 육신과 관련이 있으며, "탄력"만을 지닌 말들과는 전혀 다른 무게감이 있습니다. 시인은 '육신'으로부터 흘러나오는 무언가를 끈질기게 붙잡으려고 시도하는 듯 보입니다. 누군가의 평범한 육성이 '시'로써 울리기도 하고(「더딘 여름」), 심지어는 자연의 순환도 육신을 통해 느끼기도 하지요("알몸의 바람이 숭숭 내린다", 「어떤 개화」).

봉인은 벗겨졌다
난파선처럼 구천을 떠도는데
녹슨 골목은 눈부시다

한 줄 벼랑 품은 낯선 유목민들이
서러운 세월을 빚고 있는데
채송화는 바싹 낮은 포복으로
질긴 땅을 껴안고 있다

끼니를 달래
어둠이 서성이기 전
늘어지게 보초 서는 사람들은
문고리 채우며 뼛속 숨을 만지고

아련한 가로등 사이로
먹먹한 육신이 돌아오는 시간
배부른 고양이들은 수런거리는데

살림 떠난 집으로 돌아온 여름
늙은 접시꽃이 삐죽 인사를 하지만
비가 올 기미는 보이지 않았다

초록의 종점을 알고 있는지
담 너머 가시는 수북하고
젖은 발로 따라가는 순간
가면을 벗어야 할 것은 나였다

—「복면골목」 전문

저는 시집을 읽을 때, 그 시집에 실린 시어들을 몇 가지 골라서 보려는 일종의 습벽이 있습니다. 뭐, 특별한 것이라 말하기는 어렵겠으나, 아무튼 김덕근 시인의 이번 시집의 시들을 읽으면서 제일 먼저 눈에 띈 시어는 바로 위 시에 나온 "젖은 발"이라는 시어였습니다. 같은 시에 실린 또 다른 시어인 "난파선"도 얼핏 보였고, 문득 "해인(海印)의 파도"(「귀가 이후」)라는 시어도 떠올리게 되었습니다. 이렇듯 "젖은 발", "난파선"과 "파도"라는 시어들이 연상시킨 장면은 바로 '연안(沿岸)'이었습니다. 이곳은 말 그대로 '뭍'과 '물'의 유동적인 경계를 가리킵니다. 이러한 '연안'이라는 지형적 속성을 바탕으로, 키냐르도 다음과 같은 말을 했었지요. "인간의 육체는 초라하고 기이하고 허약하고 고독한 필멸의 연안이다"[3]라고 말입니다.

키냐르가 언설한 필멸의 운명이 단지 인간의 육신에게만 스치는 건 아닙니다. "젖은 발"이라는 시어를 통해 제가 느낀 것은 바로 그 시어가 품고 있는 '습기'였습니다. 황량한 이곳에서 '시'를 쓰는 시인들도 어쩌면 '세속'과 '영감'이라는 미묘한 경계에 발을 걸친 자들이라고 할 수 있습니다. 그리고 그들이 건져낸 '시'에는 황량한 이곳 뭍에서는 도저히 품어보지 못했을 어떠한 '물기'가 스며 있을 것이라 생각했었습니다. 하지만 뭍으로 나온 시어들은 '한낮'의 시간을 끝까지 견디지 못할 것입니다. 아무리 대단한 '시'라 할지라도 그것이 규범(canon)이 된다면, 즉 다시 말해 뭍의 질서에 편입이 된다면 그 '시'는 죽은 거나 다름없

3 파스칼 키냐르, 『부테스』, 송의경 역, 문학과지성사, 2017, 36쪽.

습니다. 그렇기 때문에 저는 뭍의 시간 앞에서 영속적으로 견고한 '시'란 어디에도 존재하지 않는다고 생각합니다. 이런 점에서 '시' 또한 인간의 육신처럼 필멸의 운명에 종속된다고 보는 것이지요.

아직까지도 "비가 올 기미는 보이지 않았다"라는 발화에서도 볼 수 있듯이 시인에게는 우리가 거주한 이 세계가 여전히 뜨거운 '한낮'인가 봅니다. 한낮은 무엇이든 명확하게 볼 수 있는 시간이기 때문에, 그것(들)을 단번에 판단하고 그에 맞는 합당한 의미를 얻을 수 있을 것이라는 착각을 불러일으킵니다. 시인이 이 '한낮'의 시간 동안에 벌어지는 일들에 대해 불안을 느낀다는 것은 어찌 보면 당연합니다. 뭍을 지배하는 한낮의 강력한 열광(烈光)은 시어가 품고 있던 낯선 가능성을 끊임없이 증발시킴으로써 그것들을 자신의 질서로 편입시키기 때문입니다. 하지만 '시'의 본질은 '어둠'에 자리 잡고 있으며, 낮에 의해 쉽게 규명하기 어렵고, 고정된 의미로 붙잡을 수 없다는 데에 있습니다. 뭍의 질서에 의해 사그라질지라도, '시'는 이로써 자신의 힘을 온전히 드러냅니다. 즉, '시'는 필멸의 운명을 스스로 내보임으로써 동시에 가장 생동감 있는 모습을 보여줍니다.

이렇듯 '육신', 그리고 '시'가 필멸할 수밖에 없음을 증명하고자 하는 이들은 어느 이름 모를 "낯선 유목민"일 수 있고, 아니면 "채송화"나 "늙은 접시꽃"일 수도 있습니다. 시인은 그들의 생동하는 울림을 받아 듣고, 이를 한 편의 '시'로 옮기고자 했을 것입니다. 시인이 '유목민', '꽃'들을 배치시킨 이유는 무엇보다 '탄생과 더불어 죽음으로 향하는 존재의 발걸음'을 증명하기 위함

이었을 겁니다. 따라서 위 시에서 "봉인은 벗겨졌다"라며 시인이 내린 최초의 선언은, 그동안 메마르고 황량한 땅이 갈망했을 해갈(解渴)의 계시처럼 들립니다. 이렇게 선언된 목소리로 인해 흘러나오는 시심(詩心)의 물결은 곧장 "초록의 종점"으로 향하게 될 것입니다. "초록"이 생기 넘치는 생명력을 시각적으로 표현하고 있다면, 이것의 "종점"은 그 생명력을 지닌 존재에게 닥칠 사건으로서의 '죽음'을 의미합니다. 이렇게 볼 때, "초록의 종점"이라는 시어에는 '죽음'과 '생'이 함께 담겨 있다고 하겠습니다.

> 철컥 이제 관은 무겁지 않아요
> 시린 눈물도 잔잔해져
> 꼭꼭 허공에 길을 내
> 소멸의 바람을 놓는 순간
> 나비 한 마리가 철컥 날아왔어요
>
> ―「은하수공원」 전문

위 시는 시집에 실린 시 중에서 가장 '죽음'에 근접해 있습니다. 시인은 위 시의 제목인 '은하수공원'이 실제 소재하고 있는 화장터의 이름이라고 부연해두기까지 했습니다. 바삐 순번에 따라 화장(火葬)이 진행되었을 그곳을 떠올리면서, 저는 "철컥"이라는 시어(소리)에 주목하게 되었습니다. 시의 첫 행의 "철컥"만 보면, 차가운 금속음을 연상케 하는데, 마지막 행의 "철컥"은 다소 이질적으로 다가왔기 때문입니다. "나비"의 몸짓과 "철컥"이라는 소리의 연결도 어딘지 부자연스럽습니다. 하지만 이것을 조금만 더 생각해보면, '죽음(하강하는 관)'과 '삶(상승하는 나비)'

이 연결되었다는 점('관'과 '나비'가 '철컥'이라는 동일한 소리로 묶인다는 점)에서 마치 거대한 운명의 순환 고리가 형성되는 것처럼 보였습니다.

우리는 너무나 삶 자체에 집착하고 있는지도 모르겠습니다. 지금의 '죽음'은 단지 회피의 대상이 되거나, 아니면 '추모 공원'과 같이 포장될 따름입니다. 우리는 죽음이 '의미 있는' 사건이며, 마치 동전의 양면처럼 삶과 동떨어질 수 없다는 것을 '머리'로는 알고 있을지 몰라도, '마음'으로는 절실히 느끼지 못합니다. 시인은 잠시 나타났다 사라진 "소멸의 바람"을 '마음'으로 보았을 겁니다. 마음이 인지한 저 죽음의 흔적은 사실상 유심히 보려고 하지 않으면, 전혀 볼 수 없는 것이었겠지요. 산 자의 이성으로는 도무지 해석할 길이 없는, 낯선 곳으로부터 불어온 "바람"은 사방팔방으로 새롭게 길을 열어둡니다. 시인은 그 길을 가까스로 목격한 최초의 목격자입니다. 키냐르의 말대로 정말 인간이 "두 세계, 즉 살아 있는 자들의 세계와 죽은 자들의 세계를 가진 동물"이라면, 시인이야말로 인간을 대표하는 자일 것입니다.

필멸의 운명에 복종한 채로 그렇게 은밀하게 '뭍'으로 올라왔지만, 결국에는 이기적이고 난폭한 일상의 질서에 증발되거나, 혹은 해석과 분석이라는 틀에 의해서 굳어버린 '시'의 역사는 끊임없이 '죽음'과 '생'을 오가면서 지금까지 쓰여왔습니다. '시'의 죽음이 정말 필연적인 거라면, 동시에 그 죽음에서부터 다시 시작하여 언젠가 또 다른 '시'가 뭍을 향해 고귀한 첫발을 내딛게 될 것입니다. 시의 역사 속으로 뛰어든 시인은 '두 세계'를 모두

아는 인간의 대표자로서 낯선 세계로부터 흘러나온 말을 지금
도 기록하고 있으며, 또 '시'의 운명에 공명(共鳴)하려는 자로서
메마르고 황량한 뭍에서의 일상을 견디고 있는 중입니다. 시인
의 곤경은 그를 더욱 시인답게 하고, 그 고통과 불면의 시간은
결국 그가 쓰고자 하는 '시'의 가장 건실한 '살(肉)'이 될 것입니
다. 그렇기에 저는 시인이 앞으로도 계속해서 곤경에 처하기를
원합니다.

鄭載動 | 문학평론가

푸른사상 시선 112

공중에 갇히다